Alianza Cien
pone al alcance de todos
las mejores obras de la literatura
y el pensamiento universales
en condiciones óptimas de calidad y precio
e incita al lector
al conocimiento más completo de un autor,
invitándole a aprovechar
los escasos momentos de ocio
creados por las nuevas formas de vida.

Alianza Cien
es un reto y una ambiciosa iniciativa cultural

TEXTOS COMPLETOS

ALFREDO BRYCE ECHENIQUE

Muerte de Sevilla en Madrid

Alianza Editorial

Diseño de cubierta: Ángel Uriarte

Calle J. I. Luca de Tena, 15, 28027 Madrid; teléf. 741 66 00
ISBN: 84-206-4638-5
Depósito legal: M. 16.836-1994
Impreso en Impresos y Revistas, S. A.
Printed in Spain

A Alida y Julio Ramón Ribeyro

La compañía venía dispuesta a instalarse con todas las de la ley. Para empezar, mucha simpatía sobre todo. Bien estudiado el mercado, bien estudiadas las características de los limeños que gastan, se había decidido que lo conveniente era una publicidad, un trato, unas *public relations* bastante cargadas a lo norteamericano pero con profundos toques hispanizantes, tal como éstos pueden ser imaginados desde lejos, en resumen una mezcla de Jacqueline Kennedy con el Cordobés. Y ya iban marchando las cosas, ya estaban instaladas las modernas oficinas en modernos edificios de la Lima de hoy, tú entrabas y la temperatura era ideal, las señoritas que atienden encantadoras, ni hablar de los sillones y de los afiches anunciando vuelos a Madrid y a otras ciudades europeas desde ciudades tan distintas como Lima y Tokio. Tu vista se paseaba por lo que ibas aceptando como la oficina ideal, tu vista descubría por fin aquella elegante puerta, al fondo, a la derecha, GERENTE.

Para gerente de una compañía de aviación que entraba a Lima como española, vinieran de donde vinieran los capitales, nada mejor que un conde español. No fue muy difícil encontrarlo además, y no era el primer solterón noble arruinado que aterrizaba por Lima, llenando de esperanzas el corazón de alguna rica fea. Ya habían llegado otros antes, parece que se pasaban la voz. Lima no estaba del todo mal. Acogedora como pocas capitales y todo el mundo te invita. Como era su obligación, el conde de la Avenida llegó bronceado, con varios ternos impecables y un buen surtido de camisas de seda. El título de conde lo llevaba sobre todo en la nariz antigua, tan aguileña en su angosta cara cuarentona (cuarenta y siete años, exactamente) que en su tercer almuerzo en el Club de los Cóndores, aceptó sonriente el apodo que ya desde meses antes le habían dado silenciosamente en un club playero sureño: el Águila Imperial.

Con tal apodo el mundo limeño que obligatoriamente iría circundándolo se puso más curioso todavía y las invitaciones se triplicaron. El conde de la Avenida, para sus amigotes el Águila Imperial, debutó en grande. La oficina de Lima se abrió puntualmente, y para el vuelo inaugural, el Lima-Madrid, puso en marcha el famoso sorteo que terminaría con su breve y brillante carrera de ejecutivo.

Pudo haber sido otro el resultado, pudo haber sido todo muy diferente porque en realidad Sevilla ni se enteró de lo del sorteo. Y aun habiéndose enterado, jamás se habría atrevido a participar. Él había triunfado una vez en Huancayo, antes de que muriera Salvador Escalante, y desde entonces había vivido triste y tranquilo con el recuerdo de aquel gran futbolista escolar.

Miraflores ya había empezado a llenarse de avenidas modernas y de avisos luminosos en la época en que Sevilla partió rumbo al colegio Santa María, donde sus tías, con gran esfuerzo, habían logrado matricularlo. Se lo repetían todo el tiempo, ellas no eran más que dos viejas pobres, ¡ah! si tus padres vivieran, pero a sus padres Dios los tenía en su gloria, y a Sevilla sus tías lo tenían en casa con la esperanza de que los frutos de una buena educación, en uno de los mejores colegios de Lima, lo sacaran adelante en la vida. Abogado, médico, aviador, lo que fuera pero adelante en la vida.

No fue así. La tía más vieja se murió cuando el pobre entraba al último año de secundaria, y la pensión de la otra viejita con las justas si dio para que Sevilla terminara el colegio. Tuvo que ponerse a trabajar inmediatamente. Todos sus compañeros de clase se fueron a alguna universidad, peruana o norteamericana, todos andaban con el problema del ingreso. Sevilla no, pero la verdad es que esta apertura hacia lo bajo, hacia un puestecito en alguna oficina pública no lo entristeció demasiado. Ya hacía tiempo que él había notado la diferencia. La falta de dinero hasta para comprar chocolates a la hora del recreo, día tras día, lo fue preparando para todo lo demás. Para lo de las chicas del Villa María, por ejemplo. Él no se sentía con derecho a aspirar a una chica del Villa María. Las pocas que veía a veces por las calles de

Miraflores eran para Salvador Escalante. Él se las habría conquistado una por una, él habría tenido un carro mejor que los bólidos que sus compañeros de clase manejaban los sábados o, por las tardes, al salir del colegio. Eran todavía el carro de papá o de mamá y lo manejaba siempre un chófer, pero cuando llegaban a recoger a sus compañeros de clase, éstos le decían al cholo con gorra hazte a un lado, y partían como locos a seguir al ómnibus del Villa María. Sevilla no. Él partía a pie y, mientras avanzaba por la Diagonal para dirigirse hacia un sector antiguo de Miraflores, se cruzaba con las chicas que bajaban del ómnibus del Villa María o que bajaban de sus automóviles para entrar a una tienda en Larco o en la Diagonal. En los últimos meses de colegio empezó a mirarlas, trató de descubrir a una, una que fuera extraordinariamente bella, una que sonriera aunque sea al vacío mientras él pasaba. Si una hubiese sonreído con sencillez, con dulzura, Sevilla habría podido encontrar por fin a la futura esposa de Salvador Escalante.

Buscaba con avidez. Casi podría decirse que ésta fue la etapa sexual (aunque sublimada) de la vida del joven estudiante. A pesar de que Salvador Escalante había muerto años atrás, él continuaba buscándole la esposa ideal. Lo de la dulce sonrisa y el pelo rubio parecían interesarlo particularmente, y hasta hubo unos días en que se demoró en llegar a casa; se quedaba en las grandes avenidas miraflorinas, se arrinconaba para buscar sin que se notara, pero la gente tenía la maldita costumbre de pasar y pasar. Cada vez que Sevilla veía venir a una muchacha, alguien pasaba, se la tapaba, se quedaba sin verla.

Siempre se le interponía alguien, la cosa realmente empezaba a tomar caracteres alarmantes, por nada del mundo lograba ver a una chica, la mujer para Salvador Escalante podría haber pasado ya ante sus ojos mil veces y siempre un tipo le impedía verla, siempre una espaldota en su campo visual.

Así hasta que decidió que por la Diagonal y Larco era inútil. Por su casa tal vez. Claro que había que consultarlo con Salvador Escalante. Fueron varios días de meditación, varios días en que el recuerdo del gran futbolista escolar que le hizo caso, que no se fijó que en sexto de primaria a Sevilla ya se le caían unos pelos grasosos, varios días en que el recuerdo del amigo mayor, el del momento triunfal en Huancayo creció hasta mantener a Sevilla en perenne estado de alerta. La gran Miraflores, Larco, Diagonal, esas avenidas eran inútiles. Quedaba lo que Sevilla había sentido ser el pequeño Miraflores. Pocos captaban esa diferencia como él. Pero en efecto existía todo un sector de casas de barro con rejas de madera, casas amarillentas y viejas como la de Sevilla. Las chicas que vivían en esas casas no iban al Villa María pero a veces eran rubias y Sevilla sabía por qué. La cosa venía de lejos, de principios de siglo y, ahora que lo pensaba, ahora que lo consultaba con Salvador Escalante, Sevilla deseaba profundamente que todo hubiera ocurrido a principios de siglo cuando de esas casas recién construidas salían rubias hijas de ingleses. Qué pasó con esos ingleses era lo que Sevilla no sabía muy bien cómo explicarle a Salvador Escalante. Por qué tantos inmigrantes se enriquecieron en el Perú y en cambio esos ingleses envejecieron bebiendo gin y trabajando en una oficina. Ahora sólo algunas de sus descendientes tenían el pelo rubio pero esto era todo lo que quedaba del viejo encanto británico que pudo haber producido una esposa ideal para Salvador Escalante. Para qué mentirle a Salvador Escalante, además. Bien sabía Sevilla que con pelo rubio o castaño o negro esas chicas iban a otros colegios, terminaban de secretarias y se morían por subir pecaminosamente a carros modernos de colores contrastantes. Todo un lío. Todo un lío y una sola esperanza: la llegada triunfal del gran futbolista escolar, convertido ya en flamante ingeniero agrónomo. Una tarde, después de romperle el alma a todo aquel que llegara por esos barrios con afán de encontrar una medio pelo, Salvador Escalante vendría a llevarse a la muchacha que Sevilla le iba a encontrar, Salvador Escalante tenía las haciendas, la herencia, el lujoso automóvil, la chica era buena y en una de esas viejas casonas amarillentas algún viejo hijo de ingleses, pobremente educado en Inglaterra, extraviado entre el gin y la nostalgia, volvería a sonreír. Valía la pena. Salvador Escalante aceptaba, después de todo siempre jugó fútbol limpiamente, sin despreciar a los de los colegios nacionales, después de todo siempre comulgó seriamente los primeros viernes. Instalado en su vetusto balcón, Sevilla vio avanzar por la calle a la que, vista de más cerca, podría llegar a ser la esposa de Salvador Escalante. Se dio tiempo mientras la dejaba venir para vivir el momento triunfal en Huancayo, fue feliz pero entonces un automóvil frenó y siete muchachos se arrojaron por las puertas y Sevilla se quedó sin ver a la muchacha, imaginando eso sí que sonreía rodeada por sus siete compañeros de clase. Sintió que era el fin muy profundo de una etapa que había vivido casi sin darse cuenta, pero lo que más le molestaba, lo que más lo entristecía no era el haberse convencido de que le era imposible lograr ver a una mujer hermosa, lo que más le molestaba era el haberse quedado momentáneamente sin proyectos para Salvador Escalante.

Porque desde tiempo atrás el gran futbolista escolar había quedado para siempre presente en la vida de Sevilla. Con él resistió el asedio sufrido durante los últimos años de colegio. Lo del pelo, por ejemplo. Se le seguía cayendo y siempre era uno solo y sobre alguna superficie en que resaltaba lo grasoso que era. Caía un pelo ancho y grasoso y la clase entera tenía que ver con el asunto pero Sevilla llamaba silenciosamente a Salvador Escalante porque con él no había sufrimiento posible. Sólo un triste aguantar, una tranquila tristeza limpia de complejos de inferioridad. Un solo estado de ánimo siempre. Un solo silencio ante toda situación. Por ejemplo la tarde aquella en que los siete que le impidieron ver a la última mujer que miró en su vida llegaron a su casa. Sevilla estaba en la cocina ayudando a su tía, estaban haciendo unos dulcecitos cuando sonó el timbre. Salió a abrir pensando que eran ellos porque lo habían amenazado con pedirle prestada una carpeta de trabajo para copiársela porque andaban atrasados. Abrió y le llovieron escupitajos disparados entre carcajadas. Al día siguiente, toda la clase se mataba de risa con lo de Sevilla con el mandilito de mujer. No era mentira, era el mandilito que se ponía cuando ayudaba a su tía y era de mujer pero también era cada vez más fácil fijar la mirada en un punto determinado de la pared: Salvador Escalante surgía siempre.

Y ahora que trabajaba en un oscuro rincón de la Municipalidad de Lima, perdido en una habitación dedicada al papeleo, lo único que había cambiado era aquel punto determinado de la pared. Sevilla encontraba a Salvador Escalante con sólo mirar el agujero del escritorio que alguien, antes que él, había abierto laboriosamente con la uña. Eso era todo. Lo demás seguía igual, una tranquila tristeza, un pelo grasoso sobre cada papel que llegaba a sus manos y una puntualidad que desgraciadamente nadie notaba. Y esto más que nada porque Sevilla tenía jefe pero el jefe no tenía a Sevilla. No le importaba tenerlo, en todo caso. La vida que se vivía en aquella oficina llegaba hasta él convertida en un papel que se le acercaba a medida que pasaba de mano en mano. La última mano le hablaba, le decía Sevillita, pero Sevillita no había logrado integrarse aquí tampoco. Aquí triunfaban un criollismo algo amargado, los apodos eran muy certeros y se vivía a la espera de un sábado que siempre volvía a llegar. Salían todos y cruzaban un par de calles hasta llegar a un bar cercano. Sábado de trago y trago, cervezas una tras otra y unas batidas terribles al que se marchaba porque marcharse quería decir que en tu casa tu esposa te tenía pisado. Gozaban los solteros burlándose de los casados, luego siempre algún soltero se casaba y tenía que irse temprano quitándose como fuera el tufo y los solteros repetían las mismas bromas aunque con mayor entusiasmo porque se trataba de un recién casado. Sevillita nunca participó, nunca fue al bar y nunca nadie le pidió que viniera. Se le batía rápidamente a la hora de la salida pero de unas cuantas bromas no pasaba la cosa, luego lo dejaban marcharse. A los matrimonios asistía un ratito.

Un día se le tiraron encima los compañeros de trabajo y el jefe sonrió. Sevilla fue comprendiendo poco a poco que una flamante compañía de aviación iba a realizar su vuelo inicial Lima-Madrid, y que para mayor publicidad había organizado un sorteo. Entre todo peruano que llevara de apellido el nombre de una ciudad española, un ganador viajaría a Madrid, ida y vuelta, todo pagado. La cosa era en grande, con fotografías en los periódicos, declaraciones, etc. Sevilla miró profundamente al agujero por donde llegaba hasta Salvador Escalante, pero la imagen de su vieja tía lo interrumpió bruscamente.

Por lo pronto a su tía le costó mucho más trabajo comprender de qué se trataba todo el asunto. Por fin tuvo una idea general de las cosas y aunque atribuyó inmediatamente el resultado a la voluntad de Dios, lo del avión la aterrorizó. Ya era muy tarde en su vida para aceptar que su sobrino, su único sustento, pudiera subir a un monstruo de plata que volaba. En la vida no había más que un Viaje Verdadero, el Último viaje que para ella ya estaba cercano y para el cual desde que murieron sus padres había estado preparando a Sevilla.

—No viajarás, hijito. Creo que el Señor lo prefiere así.

Estaba bien, no iba a viajar. La oscuridad de aquel

viejo salón, la destartalada antigüedad de cada mueble iba reforzando cada frase de la anciana tía, cargándola de razón. No viajaría. Bastaba pues con armarse de valor y con presentarse a las oficinas de la Compañía de Aviación para anunciar que no podía viajar. Le daba miedo hacerlo, pero lo haría. Llamar por teléfono era lo más fácil; sí, llamaría por teléfono y diría que le era imposible viajar por motivos de salud. Pero algo muy extraño le sucedió momentos después. Salvador Escalante le aconsejó viajar mientras estaba rezando el rosario con su tía, y por primera vez en años no pudo rezar tranquilo. Su tía no notaba nada pero él simplemente no podía rezar tranquilo, no podía continuar, hasta empezó a moverse inquieto en el sillón, como tratando de ahuyentar la indescriptible nostalgia que de pronto empezaba a invadir a borbotones la apacible tristeza que era su vida. Mil veces había revivido los días en Huancayo con Salvador Escalante, pero todo dentro de una cotidianidad tranquila, esto de ahora era una irrupción demasiado violenta para él.

Tampoco cenó tranquilo, y por primera vez en años se acostó con la idea de que no se iba a dormir muy pronto. Cuántas veces había pensado en sus recuerdos, pero esta noche en vez de traerlos a su memoria era él quien retrocedía hacia ellos, dejándose caer, resbalándose por sectores de su vida pasada que lo recibían con nuevas y angustiosas sensaciones. Volvía a vivir quinto, sexto de primaria cuando empezaron los preparativos para el viaje a Huancayo. Tía Matilde vivía aún y dominaba un poco a tía Angélica, pero en este caso las dos estaban de acuerdo en que debía asistir: el Congreso Eucarístico en Huancayo era un acontecimiento que ningún niño católico debía perder. Qué buena idea de los padres del colegio la de llevarlos. Una reunión de católicos fervientes y un enviado especial del Papa para presidir las ceremonias. Por primera vez en su vida Sevilla se acostó con la idea de que no se iba a dormir muy pronto. Como ahora, en que volvió también a encender la lamparita de la mesa de noche y a salirse de la cama con la misma curiosidad de entonces, el mismo miedo, los mismos nervios, por qué como que caía al presente de sus recuerdos, por qué años después volvía a atravesar el dormitorio en busca del Diccionario Enciclopédico para averiguar temeroso cómo era la ciudad a la que iba a viajar con unos compañeros entre los cuales no tenía un solo amigo. El mismo viejo Diccionario Enciclopédico Ilustrado que ya entonces había heredado de sus padres. Lo trajo hasta su cama recordando que era una edición de 1934. Leyó lo que decía sobre Huancayo, pensando nuevamente que ahora tenía que ser mucho mayor el número de habitantes...

> «Huancayo, Geogr. Prov. del dep. de Junín, en el Perú. 5.244 kms^2; 120.000 h. (Pero ahora tenían que ser más que entonces.) Comprende 15 distr. Cap. homónima. Coca, caña, cereales; ganadería; minas de plata, cobre y sal; quesos, cocinas, curtidos, tejidos, sombreros de lana. 2 Distr. de esta prov. 11.000 hab. cap. homónima. 3 C. del Perú, cab. de este distr. y cap. de la provincia antedicha. 8.000 h. Minas.»

No pudo ocultar una cierta satisfacción cuando Salvador Escalante le convidó un chicle. Salvador Escalante era un ídolo, el mejor futbolista del colegio y estaba en el último año de secundario. Viajaba para acompañar al hermano Francisco y ayudarlo en la tarea de cuidarlos. El ómnibus subía dando curvas y curvas y, cuando llegaron a Huancayo, Huancayo resultó ser completamente diferente a lo que decía el diccionario. Lo que decía el diccionario podía ser cien por ciento verdad, pero faltaba en su descripción aquella sensación de haber llegado a un lugar tan distinto a la costa, faltaba definitivamente todo lo que lo iba impresionando a medida que recorría esas calles pobladas de otra raza, esas calles de casas bastante deterioradas, pero que resultaban atractivas por sus techos de doble agua, sus tejas, sí, sus tejas. Techos y techos de tejas rojas y un aire frío que los obligaba a llevar sus pijamas de franela. Sevilla nunca pensó que los pijamas pudieran ser tan distintos. Dormían en un largo corredor de un moderno convento y realmente cada compañero de clase tenía un pijama novedoso. Definitivamente el de Santisteban parecía todo menos un pijama y el de Álvarez Calderón sólo en una película china. No le importó mucho tener el único vulgar pijama de franela porque, además, ya había habido toda esa larga conversación con Salvador Escalante durante el viaje. Él nunca trató de hablarle, Salvador Escalante le hablaba.

Lo mismo fue al día siguiente. Ayudaba al hermano Francisco con lo de la disciplina, pero a la hora del almuerzo se sentó a su lado y volvió a hablarle. Sevilla se moría de ganas de agregarle algo a sus monosílabos y fue en uno de esos esfuerzos que sintió de golpe que Salvador Escalante lo quería. Fue como pasar del frío serrano que tanto molestaba en los lugares sombreados a uno de esos espacios abiertos donde el sol cae y calienta agradablemente. Fue macanudo. Fue el fin de su inquietud ante todos esos pijamas tan caros, tan distintos, tan poco humildes como el suyo.

Claro que mientras asistían a las ceremonias del Congreso, Sevilla era uno más del montón, un solitario alumno del Santa María, aquel que no podía olvidar que para sus tías todo este viaje había representado un gasto extra, el que no metía vicio ni se burlaba de los indios, el más beato de todos por supuesto. Las apariciones del enviado especial del Papa le causaban verdaderos escalofríos de cristiana humildad.

Pero había los momentos libres y Salvador Escalante podía disponer de ellos solo, haciendo lo que le viniera en gana. El hermano Francisco lo dejaba irse a deambular por la ciudad, sin uniforme, con ese saco sport marrón de alpaca y la camisa verde. Sevilla lo vio partir una, dos veces, jamás se le ocurrió que, a la tercera, Salvador Escalante le iba a decir vamos a huevear un rato, ya le dije al hermano Francisco que te venías conmigo.

Simplemente caminaban. Vagaban por la ciudad y todas las chicas que iban a los mejores colegios de Huancayo se disforzaban, se ponían como locas, perdían completamente los papeles cuando pasaba Salvador Escalante. Tenían un estilo de disforzarse muy distinto al de las limeñas, algo que se debatía entre más bonito, más huachafo y más antiguo. Por ejemplo, de más de un balcón cayó una flor y también hubo esa vez en que una dejó caer un pañuelo que Sevilla, sin comprender bien el jueguito recogió ante la mirada socarrona de su ídolo. La chica siguió de largo y Sevilla se quedó para siempre con el pañuelo. Porque Salvador Escalante simplemente caminaba. Avanzaba por calles donde siempre había un grupo de muchachas para sonreírle. Sevilla se cortaba, se quedaba atrás, pegaba una carrerita y volvía a instalarse a su lado.

Una tarde Salvador Escalante se detuvo a contemplar los afiches de *Quo Vadis, los mártires del cristianismo*. «Una buena película para estos días», pensó Sevilla, mientras recibía un chicle de manos del ídolo. «Entramos», dijo Salvador Escalante y él como que no comprendió, en todo caso se quedó atrás contemplando cómo boletera, controladora y acomodadora se agrupaban para admirar la entrada de su amigo. Fue cosa de un instante, una especie de rápido pacto entre las tres cholitas guapas y el rubio joven de Lima. Salvador Escalante pasó de frente, no pagó, no le pidieron que pagara, lo dejaron entrar regalando al aire su sonrisa de siempre, mientras Sevilla sentía de golpe la profunda tristeza de haber quedado abandonado en la calle.

Y desde entonces revivió hasta la muerte el momento en que Salvador Escalante no lo olvidó. Ya estaba en la entrada a la sala, él en la vereda allá afuera, cuando volteó y le hizo la seña aquella, entra, significaba, y Sevilla se encogió todito y cerró los ojos, logrando pasar horroroso frente a las tres señoritas del cine. Fue una especie de breve vuelo, un instante de timorato coraje que, sólo cuando abrió los ojos y descubrió a Salvador Escalante esperándolo sonriente, se convirtió en el instante más feliz de su vida. Entró gratis, gratis, gratis. Por unos segundos había compartido a fondo la vida triunfal de Salvador Escalante. Salvador Escalante no le falló nunca, y cuando volvieron a Lima continuó preguntándole por sus notas en el colegio, aconsejándole hacer deporte y tres veces más ese año le regaló un chicle.

Luego se marchó. Terminó su quinto de media y se marchó a seguir estudios de agronomía, con lo cual Sevilla empezó a seleccionar sus recuerdos. Lo del cine en Huancayo lo recordaba como un breve vuelo por encima de tres cholitas y hacia un destino muy seguro y feliz. Había sido todo tan rápido, su indecisión, su entrada, que sólo podía recordarlo como un breve vuelo, una ligera elevación, no recordaba haber dado pasos, recordaba haber estado solo en la vereda y luego, instantes después, muy confortable junto a Salvador Escalante. Y era tan agradable pensar en todo eso mientras caminaba por las canchas de fútbol donde Salvador Escalante había metido tantos goles. Sevilla ya no le pedía absolutamente nada más al Santa María. Sus compañeros de clase podían burlarse de él hasta la muerte: nada, no sufría. Los pelos grasosos podían continuar cayendo sobre las páginas blancas de los cuadernos: nada, Sevilla había entrado a la tranquila tristeza que era su vida sin Salvador Escalante, había entrado a una etapa de selección de sus recuerdos, eso era todo para él, necesitaba ordenar definitivamente su soledad.

Pero Salvador Escalante volvió. Vino como ex-alumno y jugó fútbol y metió dos goles y caminó desde el campo de fútbol hasta los camerines con Sevilla al lado. Volvió también a jugar baloncesto, alumnos contra ex-alumnos, y hablaba de agronomía y allí estaba Sevilla, a un ladito, escuchándolo. O sea que la vida podía volver a tener interés en el Santa María. Sevilla comprendió que Salvador Escalante era un ex-alumno fiel a su colegio, uno de esos que volvía siempre, sólo bastaba con estar atento a toda actividad que concerniera a los ex-alumnos: Salvador Escalante volvería a caminar por el colegio como caminaba por Huancayo cuando caían pañuelos, sonrisas y flores.

No duró mucho, sin embargo. Salvador Escalante era hijo de ricos propietarios de tierras, pertenecía a una de las grandes familias de Lima y los periódicos se ocuparon bastante de su muerte. Debió ocurrir de noche (el automóvil no fue localizado hasta la madrugada por unos pastores). El joven y malogrado estudiante de agronomía regresaba de una hacienda en Huancayo, víctima del sueño perdió probablemente el control de su vehículo y fue a caer a un barranco, perdiendo de inmediato la vida. Sevilla compró todos los periódicos que narraban el triste suceso, recortó los artículos y las fotografías (creía reconocer el saco marrón de alpaca), todo lo guardó cuidadosamente. Pensó que, de una manera u otra, la vida lo habría alejado para siempre de Salvador Escalante, lo de los ex-alumnos fieles no podía durar eternamente. Con apacible tristeza volvió a ordenar aquellos maravillosos recuerdos que las cálidas reapariciones de Salvador Escalante por el Santa María habían interrumpido momentáneamente.

La vida limeña había tratado al conde de la Avenida como a un águila imperial. Volaba alto, volaba con elegancia y dentro de tres años, al cumplir los cincuenta, todo estaba calculado, iba a caer sobre su ya divisada presa. Anunciata Valverde de Ibargüengoitia, treinta y nueve años muy bien llevados, un desafortunado matrimonio, un sonado y olvidado divorcio, la más hermosa casa frente al mar en Barranco y esa sólida fortuna sobre la cual al caballero español ya no le quedaba duda alguna. Eso, dentro de tres años. O sea que quedaba tiempo para continuar disfrutando de los tres clubs de los cuales ya era socio: el Golf, los Cóndores, para el bronceo invernal. La Esmeralda para los coctelitos conversados que precedían al baño de mar o de piscina y al almuerzote rodeado de amigos. Y para la intimidad o para las invitaciones correspondiendo a invitaciones, el penthouse en el moderno edificio de la avenida Dos de Mayo, San Isidro. Lo había decorado con gusto y tenía sobre todo el suntuoso baño ese, plagado de repisas y lavandas, se levantaba cada mañana y se deslizaba por una alfombra que le iba acariciando los pies, calentándoselos mientras se acercaba al primer espejo del día, estaba listo para afeitarse, pero se demoraba siempre un poco en empezar porque le gustaba observar desde allí aquella monumental águila de plata ubicada sobre una mesa especial en el dormitorio, un águila con las alas abriéndose, a punto de iniciar vuelo, algo tan parecido a todo lo que él estaba haciendo desde que llegó a Lima.

Y Lima realmente lo seguía tratando bien, muy bien,

ni una sola queja. En ciertos asuntos ya era toda una autoridad. En su penthouse, por ejemplo (y en otros cócteles), alabó los vinos de la Rioja alavesa como complemento indispensable para acompañar determinada cocina española, hasta convertirlos en obligatorios dentro de todo un círculo de amistades. Gregorio de la Torre produjo una noche siete botellas de Marqués de Riscal, *but...* No, no mi amigo; ni siquiera Marqués de Riscal. El Águila Imperial prefería los de don Agustín. Sí, señores, don Agustín. Don Agustín, un hombre tan generoso como sus vinos y que tiene sus bodegas en Laserna, un lugar cercano a Laguardia, ¡ah!, ¡Laguardia!, ¡pueblo inolvidable! Dios sabe cómo fue a caer él por Laserna una noche, semanas antes de partir al Perú. El trato quedó cerrado poco rato después: don Agustín le enviaría mensualmente aquel delicioso vino casero que hasta el propio Juan Lucas y su adorable esposa Susan alabaron con adjetivos novedosos. Para vinos, desde entonces, había que consultar con el conde de la Avenida. Y había que invitarlo mucho. Mucho.

Bebía lo justo y fumaba lo aconsejable y en las agencias todo estaba listo para poner en marcha la Compañía. Desde ayer el famoso sorteo tenía un ganador y hoy, a las once de la mañana, la oficina principal se llenaría de periodistas, champán a diestra y siniestra, ésa era la culminación de una brillante campaña publicitaria. El conde de la Avenida se estaba afeitando. Lo de anoche había sido gracioso con la cholita tan guapa. Lo habían invitado a casa de uno de esos limeños que les da por lo autóctono y resultó que había nada menos que una soprano de coloratura. Eran canciones bonitas pero ella dale que dale con agregarles bajos bajísimos y altos altísimos, toda clase de pitos y alaridos, hacía lo que le daba la gana con la garganta. «Esto es lo indígena», le explicaron por ahí, pero eso a él le interesaba muy poco, la verdad que a él sólo le interesaba la cholita en sí. «Cómo demonios se aborda a este tipo de gente», se preguntaba el Águila Imperial.

Debió hacerlo muy mal porque por toda respuesta obtuvo una frase de lo más divertida: «Esta noche parto de viaje con el Presidente de la República y con todos sus ministros». Había dos ministros en la reunión y ninguno de los dos tenía pinta de partir de gira ni mucho menos. Simplemente la soprano de coloratura no había captado quién era él, la distancia era muy grande, es verdad, pero el conde de la Avenida había optado por acortarla al máximo: le mostró su tarjeta de visita y le habló inmediatamente de tres cabarets famosísimos en Madrid. Se estaba terminando de afeitar cuando la soprano de coloratura vino a despedirse, tengo que grabar, te llamo el jueves, dejándolo con una deliciosa sensación de fortaleza física. Se sentía bien, excesivamente bien, tanto que trajo el águila de plata al baño y le fue arrojando agua mientras se duchaba, ey, Francisco Pizarro, le dijo, de pronto, *how are you feeling today*?

Mientras tanto el pobre Sevilla había hecho su diario recorrido Miraflores-Lima en su diario Expreso de Miraflores, pero hoy no se sentía como siempre. Hoy se sentía algo distinto. Por lo general no sentía nada, iba al trabajo y eso era todo. Pero esta vez la noche la había pasado mal: si dormía era casi despierto y con una mezcolanza de recuerdos sobre el Santa María, sobre Salvador Escalante; si despertaba seguía medio dormido y se enfrentaba al problema del viaje que el ídolo escolar tanto le recomendaba. «No viajarás, hijito. Creo que el Señor lo prefiere así.» Cómo iba a hacer para decirle a los de la Compañía de Aviación que no iba a viajar y cómo iba a hacer para decirle a su tía Angélica que sí iba a viajar. Además tenía que pedirle permiso al jefe para usar uno de los teléfonos de la oficina. Y tenía que mentir diciendo que por motivos de salud no iba a viajar y mentir era pecado. Tenía que hablar por teléfono con un hombre al que no conocía para mentirle convincentemente un pecado y Salvador Escalante que se había pasado toda la noche aconsejándole el viaje, cómo le iba a decir a su tía que sí iba a viajar. Lo último que sintió al llegar a la oficina fue un ligero malestar estomacal y un inevitable pedo que se le venía. Se detuvo un ratito para tirarse el pedo antes de entrar y resulta que fueron dos pedos.

Al levantar la cara para seguir avanzando, y mientras comprobaba que el estómago le molestaba aún, reconoció al impecable joven que, justo en ese instante, estaba pensando: «Me lo temía; tenía que ser éste Sevilla». Pero un brillante jefe de relaciones públicas nunca debe temerse nada y Sevilla fue recibido con un entusiasmo que aumentó su malestar estomacal. Cucho Santisteban lo había escupido un día, la tarde aquella del mandilito de mujer, y ahora venía en nombre de la Compañía de Aviación, ya estaba todo arreglado en la oficina, ya estaba todo listo, Cucho Santisteban venía a llevárselo al cóctel publicitario. Sevilla quiso hablar pero Cucho Santisteban venía a llevárselo simple y llanamente. Desde el jefe hasta el penúltimo del fondo, el que le alcanzaba los papeles a Sevillita, todos dejaron sonrientes que Cucho Santisteban se lo llevara.

Y quiso hablar todo el tiempo, es decir que quiso decir a cada momento, entre cada fotografía, entre cada flash que le era imposible abandonar a su tía Angélica, vieja enferma sola incapaz de quedarse sola durante tantos días. En cambio los periodistas anotaban que se sentía feliz con el resultado del sorteo, que estaba orgulloso de poder volar en los modernos aparatos de la Compañía, que era la oportunidad de su vida, sí sí, tal vez la única oportunidad de conocer el Madrid que cantó Agustín Lara. Todo esto mientras Cucho Santisteban le colocaba copas de champán en la mano, pensando que si Sevilla había sido feo en el colegio ahora era un monstruo. *But Public Relations* tenía que embellecer el asunto como fuera, sonrisas, muchas sonrisas, cada flash anulaba la realidad, cada flash desdibujaba el pelo ralo y grasoso de Sevilla, sus cayentes y estrechos hombritos, la barriga fofa y sobre todo las caderas chiquitas como todo lo demás pero muy anchas en ese cuerpo, tristemente eunucoides. Y la ausencia total de culo. *Public Relations* había cumplido su tarea, sólo esperaba que Sevilla tuviera cuando menos un terno y una camisa mejor para el viaje. Cucho Santisteban podía volver a cagarse en la noticia, ahora las firmas y formalidades con el Águila Imperial. Pero un repentino e incómodo sentimiento empezó a molestarlo. La vida lo estaba tratando magníficamente bien, pero por un instante ni su perenne sonrisa disimuló una súbita rabia: Sevilla seguía siendo escupible y sin embargo llega una época en la vida en que algo, algo ¡maldita sea! nos impide escupir.

Lo anunciaron y, ahí dentro, en la gerencia, se interrumpió un tararear. Al Águila Imperial se le había pegado una de las canciones de la soprano de coloratura y se sentía de lo más bien repitiéndola. Su optimismo tenía una canción más que tararear y era tan agradable andar tarareando en esa oficina de gruesa alfombra, con los aditamentos esos para que nada suene, impidiendo todo ruido que no fuera el de su voz, su sana voz hispánica. Entonces apareció Sevilla como que cayó de algún sitio y apareció paradito en la alfombrota, ahí, delante de él. El conde de la Avenida pensó en la soprano de coloratura y sintió una ausencia casi angustiosa. Volteó buscando la mesa con el águila de plata y no estaba ahí, Anunciata Valverde de Ibargüengoitia se esfumó desesperantemente de sus proyectos definitivos, ni los tres años de vida de soltero noble e interesante que tenía por delante fueron algo que llenara su pecho de alguna energía, definitivamente la palabra optimismo envejeció, inmediatamente ocurrió lo mismo con la palabra ejecutivo, Madrid *by night* era una estupidez deprimente. Y Sevilla paradito ahí, horrible, negando toda la escala de valores por la que el conde de la Avenida venía subiendo desde que llegó a Lima, destrozando su fe en aquel libro *Life begins at forty*, envejeciéndolo, envejeciéndolo dolorosamente. Sevilla paradito ahí. «Un deterioro momentáneo, pensó el Águila Imperial...: algo como atropellar a un mendigo entre los Cóndores y el Golf... Sí, un deterioro momentáneo; eso es todo.» Pero la palabra momentáneo empezó a durar con la sensación de que iba a durar ya para siempre.

Con un gran esfuerzo el Águila Imperial decidió imitarse, se imaginó actuando ayer y empezó a copiarse igualito. «Siéntese, jovencito... Ante todo mis felicitaciones», pero la materia imitable se le acababa, se le acababa, tenía que abreviar: «Firme usted estos documentos». Ésa fue la continuación del fin, de algo que había empezado cuando la cotidiana deformidad de Sevilla sobre la alfombra roja, cuando los numerosos signos de decrepitud en un hombre veinte años menor que él destrozaron un sistema de vida cuya base eran lujo y belleza día y noche. «¡No puede ser!», gritó angustiado. Sevilla palideció y la sombra de su barba se puso más sucia todavía. El conde ejecutivo se incorporó, fue hasta la amplia ventana de su despacho, corrió luego hasta el espejo de su baño privado, por fin allí se detuvo y, abriendo grandazos los ojos, declamó:

SOPRANO DE COLORATURA

VINOS DE DON AGUSTÍN

PLAYBOY

LIFE BEGINS AT FORTY

GREEN GOLF AND BEAUTIES

RIOJA ALAVESA

NARIZ AGUILEÑA

ÁGUILA IMPERIAL

ANUNCIATA VALVERDE DE IBARGÜENGOITIA

Este último nombre lo había asociado varias veces

con unos versos de Antonio Machado, logró decirlos

«Y REPINTAR LOS BLASONES/HABLAR DE LAS TRADICIONES»

pero al final ya casi no pudo, le temblaba la voz. Machado había envejecido y había muerto y ahí estaba su cara en el espejo, transformada, transformándose, la nariz aguileña sobre todo aumentando hasta romper su borde habitual, su justo límite imperial y él siempre había tenido los ojos hundidos pero no estos de ahora, dos ojos hundidísimos entre arrugas y sin embargo saltados, saltones, dos huevos duros hundidos y salientes al mismo tiempo.

Aún le quedaban la franela inglesa de su terno y la seda de su camisa. Con eso tenía tal vez para volver a su escritorio, sí sí, sentarse, imitarse anteayer, ayer ya no le quedaba, que Sevilla firme rápido, la última esperanza, un último esfuerzo.

—Firme aquí, jovencit...

Pero Sevilla estaba desconcertado con la forma en que cada rasgo en esa cara decaía, se acentuaba entristeciendo. Sevilla estaba tímidamente asustado y no atinó a sacar un lapicero. Hubo entonces otro último esfuerzo del conde: alcanzarle el suyo para que firme rápido. Tan rápido que el conde dejó el brazo extendido para que se lo devolviera, sobresalía el puño de seda de su camisa con el gemelo de oro y él lo miraba fijamente, el sol brilla sobre la paz de un campo de nieve... Pero sobre el puño de seda de su camisa con el gemelo de oro cayó el pelo grasoso cuando Sevilla inclinó un poquito la cabeza para devolverle el lapicero.

Tres semanas más tarde, un avión de la flamante Compañía abandonaba la primavera limeña rumbo a España, mientras que otro avión abandonaba el otoño madrileño rumbo al Perú. En el primero viajaba, definitivamente acabado, el conde de la Avenida; en el segundo traían el cadáver de Sevilla. Casi podría decirse que se cruzaron. Y que Lima ha olvidado por completo al Águila Imperial, y que lo del suicidio de Sevilla, si bien dio lugar a conjeturas e investigaciones, fue también rápidamente olvidado por todos, salvo quién sabe por la vieja tía Angélica, hundida para siempre en la palabra resignación. Es cierto que la Compañía hizo más de un esfuerzo por recuperar al conde, por volverlo a tener al frente de sus oficinas, pero muy pronto los tres psiquiatras que lo trataron en los días posteriores al primer ataque de angustia optaron por darle gusto, es decir, optaron por enviarlo de regreso a España. Era lo único que quería, un deseo de enfermo, de hombre que sufre terriblemente, y por qué no concedérselo si era tan obvio que se trataba de un hombre inútil, de una persona que sólo deseaba seguir envejeciendo y morir de tristeza en un sanatorio de España. Se le trasladó, pues, a su país, se puso a otro brillante ejecutivo al frente de la Compañía y a esto se debe, tal vez, que en Lima se le olvidara tan pronto; en todo caso a este traslado se debe que nunca más se supiera de su suerte, del tiempo que su cuerpo resistió vivir así, soportando esa repentina invasión de la nada, del decaimiento y, como él solía tratar de explicarle a los médicos, del «deterioro».

«Resignación», era la palabra de la vieja tía Angélica, y la pronunciaba cada vez que algo no estaba de acuerdo con sus deseos. La pronunciaba despacio, en voz baja, mirando siempre hacia arriba, como quien ha encontrado una manera de comunicarse con Dios y no pretende ocultarla. También por ella hizo algunos esfuerzos la Compañía, pero cuando vinieron a contarle lo ocurrido, a entrar en detalles, a hablar de indemnizaciones y cosas por el estilo, fue otra su reacción. Claro que aún le quedaban los meses o los años de vida que el Señor le mandara, y habría además que ir al mercadito y comprar que comer, pero esta vez la tía Angélica rechazó todo contacto con las voces humanas, con las cifras que eran el monto de la indemnización: la tía Angélica se sentó en uno de sus vetustos sillones, alzó el brazo con la mano extendida en señal de «basta, basta de detalles, basta ya», y cortó para siempre con los hombres. Iba a pronunciar la palabra «resignación» con fuerza, como si hubiese descubierto su definitivo y último significado, pero sintió que los brazos de su sillón la envolvían llevándosela un poco. A su derecha, sobre una mesa, estaba su grueso misal cargado de palabras católicas, palabras como la que acababa de estar a punto de pronunciar. Tantas palabras y recién a los ochenta años ser una de ellas. «Basta, basta de detalles, basta ya», les indicaba con la mano en alto. El imbécil de Cucho Santisteban insistía en hablar y ella le hizo las últimas señas, pensando al mismo tiempo «Aléjense que ya yo estoy lejos». Acababa de hundirse en un significado, su palabra de siempre la había llamado esta vez, se sentía más cerca de Algo en su resignación de ahora, quizá porque todos recorremos un camino en profundidad con los significados de las palabras, éstas no son las mismas con el transcurso del tiempo, la tía Angélica sin duda había recorrido su camino pero hasta traspasar los límites humanos de su vieja y católica palabra.

«Resignación», dijo la tía Angélica, cuando Sevilla le contó que no le quedaba más remedio que viajar, que lo habían entrevistado, que lo habían fotografiado, que no lo habían dejado explicarles que, en el fondo, prefería no partir. Algo le dijo también sobre el gerente de la Compañía de Aviación, el señor parecía estar muy enfermo, tía, pero la viejita continuaba aún mirando hacia arriba, comunicándose con otro Señor, y no le prestó mayor atención. Sevilla andaba preocupado, ante sus ojos había ocurrido un fenómeno bastante extraño, pero todo lo olvidó cuando volvió a sentir que definitivamente lo del estómago lo molestaba cada vez más.

Así fue el primer día antes del viaje, silencio y silencio mientras tía y sobrino dejaban que el destino se filtrara en ellos, a ver qué pasaba luego. Pero el segundo día todo empezó a cambiar. Por lo pronto, la tía se llenó de ideas acerca de lo que era un viaje y de lo que era un hotel. Un hotel, por ejemplo, era un lugar donde centenares de personas se acuestan en la misma cama y utilizan las mismas sábanas, sabe Dios qué infecciones puede tener esa gente. No, él no podía utilizar las mismas sábanas que otra persona por más lavadas que estén, nunca se sabe, hijito. Ella se encargaría de darle un par con su correspondiente funda de almohada. Y la misa. ¿Cómo hacer para enterarse dónde quedaba la parroquia más cercana al hotel y a qué horas había misa? Ése era otro problema, el más grave de todos. Lo aconsejable era llamar al padre Joaquín, que era español, explicarle la ubicación del hotel y que él les dijera cuál era la iglesia más cercana. Total que, poco a poco, el viaje empezó a llenar la mente de la tía Angélica y nuevamente se le vio desplazándose de un extremo a otro de la casa, muy ocupada, muy preocupada, como si caminar y caminar y subir y bajar escaleras la ayudara a encontrar una solución para cada uno de los mil detalles que era indispensable resolver antes de la partida.

Sevilla lo aceptaba todo como cosa necesaria, dejaba que su tía se encargara de cada pormenor, en el fondo le parecía que ella tenía razón en preocuparse tanto pero había algo que, a medida que pasaban los días, empezaba realmente a atormentarlo. El estómago. Durante cuatro días no durmió muy bien pensando cómo iba a hacer para cambiar las sábanas sin que la persona encargada de hacerle la cama se diera cuenta. Tendría que remplazarlas por las suyas cada noche antes de acostarse, pero el verdadero problema estaba en reponer las del hotel cada mañana. Tendría que arrugarlas como si hubiera dormido con ellas y tendría que esconder las suyas, todo esto corriendo el riesgo de que la persona encargada de la limpieza las encontrara arrinconadas en algún armario o algo así. En esta preocupación se le encajó otra y el quinto día durmió pésimo: para el primer domingo en España había excursión prevista a Toledo y en el prospecto no se hablaba de misa para nada. Esto era mejor ocultárselo a su tía. Pero lo otro, lo del estómago, continuaba también atormentándolo. Normalmente iba al baño todas las mañanas, a las seis en punto, pero al día siguiente al cóctel publicitario se despertó a las cinco y no tuvo más remedio que ir al baño en el acto. Trató de ir de nuevo a las seis por lo de la costumbre, pero nada. Nada tampoco una semana después, nada a las cinco y nada a las seis, y se fue al trabajo sin ir al baño. De pronto el asunto fue a las tres de la tarde y dos días antes de la partida fue a las ocho de la noche, algo flojo el estómago, además. Fue otra cosa que le ocultó a su tía. Por fin la víspera del viaje, por la tarde, estando ya la maleta lista con sus sábanas, sus medallitas, su ropa, en fin con todo menos con el misal y el rosario que aún tenía que usar, Sevilla decidió acudir donde un antiguo profesor del Santa María y pedirle permiso para viajar. Iba a viajar de todas maneras, mañana a las once en punto venía Cucho Santisteban a recogerlo para acompañarlo al aeropuerto, en nombre de la Compañía (habría más fotos y todo eso), pero Sevilla decidió visitar el consultorio de su antiguo profesor de anatomía, que era médico también, y pedirle permiso para viajar. No le contó lo del estómago. Simplemente se sentó tiesecito y con las manos juntas sobre sus rodillas en una postura que cada día era más la postura de Sevilla, como si tuviera su misal cogido entre ambas manos. Allí estuvo sentado unos quince minutos contando en voz muy baja todo lo que le había ocurrido en los últimos diez o doce días y el ex-profesor lo escuchaba mirándolo sonriente. Lo dejaba hablar y sonreía. Sólo se puso serio cuando Sevilla le dijo que partía mañana por la mañana, y en seguida le preguntó si le aconsejaba o no viajar.

—Profesor —agregó—, quiero que me dé usted permiso para viajar.

—Viaje usted nomás —le dijo el ex-profesor—; y si le va bien no se olvide usted de traerme uno de esos puñalitos de Toledo. Uno pequeño. Vea usted, años que tengo este consultorio y me falta un cortaplumas.

Del consultorio fue a despedirse de sus compañeros de trabajo pero llegó tarde y ya se habían ido. De allí regresó a Miraflores, directamente a la parroquia para confesarse con el padre Joaquín. La penitencia, casi nada, tuvo que terminarla en el baño mientras su tía Angélica esperaba impaciente para lo del rosario. El estómago un poco flojo otra vez y hacia las siete y media de la noche.

No se le ocurrió preguntarse cómo habría sido todo un viaje dialogando feliz y tímido con Salvador Escalante, en compañía de Salvador Escalante. Cuando al señor de enfrente se le antojó cambiar de sitio y se instaló en el asiento donde empezaba a viajar Salvador Escalante, Sevilla aceptó esta repentina invasión de las cosas de la vida como años antes, al desbarrancarse el automóvil del ídolo escolar, había aceptado la repentina invasión de la muerte. Lo único distinto a su habitual, tranquila tristeza fue una especie de angustiosa sensación, sintió por un instante como si estuviera haciéndole adiós a un pasado cálido y emocionante. Todo esto había sido cosa de minutos, todo había ocurrido mientras el avión se aprestaba a despegar y una aeromoza les daba las instrucciones de siempre y les deseaba feliz viaje con un tono de voz digno de Salvador Escalante. Por fin estaba en el avión, por fin había terminado toda la alharaca del vuelo inaugural y el champán y los viajeros invitados, allí en el gran hall del aeropuerto, más lo del ganador del sorteo, Sevilla fotografiado mil veces arrinconándose horrible. Cucho Santisteban se dirigía a su automóvil con las mejillas adoloridas de tanta sonrisa a diestra y siniestra, y una aeromoza cerró la puerta del avión. Sevilla se santiguó dispuesto a rezarle a San Cristóbal, patrón de los automovilistas, a falta de un santo que se ocupara de la gente que vuela (tía Angélica había buscado aunque sea un beato que se ocupara de este moderno tipo de viajeros, pero en su gastado santoral no figuraba ninguno y no hubo más remedio que recurrir a San Cristóbal, haciendo extensivas sus funciones a las grandes alturas azules y a las nubes). Y en ésas andaba Sevilla, medio escondiendo el medallón de San Cristóbal del pecador que tenía sentado a su derecha (llevaba un ejemplar de *Playboy* para entretenerse), cuando captó que el asiento de su izquierda estaba vacío y que, además, los asientos se parecían en lo del espaldar alto con su cojincito para apoyar la cabeza, a los del ómnibus interprovincial en el cual años atrás había viajado a Huancayo con Salvador Escalante. De golpe, Sevilla se sintió bien, muy bien, y si no sonrió de alegría, mostrando en su mandíbula saliente el tablero saliente que eran sus dientes inferiores fue por miedo a que el pecador de la derecha lo creyera loco o se metiera con él. El asiento de su izquierda estaba vacío y, aunque sintió una brusca timidez, fue una sorpresa muy agradable que Salvador Escalante le dirigiera la palabra, siendo tan mayor, sobre todo: «Toma un chicle, le dijo; es muy bueno para la altura porque impide que se te tapen los oídos. La subida a Huancayo es muy brusca. ¿Cómo te llamas?...» Pero un señor que ocupaba el asiento de enfrente decidió cambiarse y se le instaló a su izquierda, justo allí donde estaba su conversación. Sevilla se dio cuenta entonces de que se le había caído el San Cristóbal, pero se demoró un ratito en agacharse a recogerlo porque empezó a sentir la angustiosa sensación de estarle haciendo adiós a un viejo ómnibus que subía, curva tras curva, rumbo a Huancayo.

En el aeropuerto de Madrid, además de los periodistas y sus flashs, lo recibió un Cucho Santisteban español y también lo felicitó un gerente muy elegante y con algo de águila en la cara, bastante parecido al señor tan raro que lo había atendido en forma por demás extraña en Lima, tan parecido que Sevilla se quedó un poco pensativo al verlo marcharse rapidísimo. Pero no había tiempo para pensar, no había un minuto que perder y para eso estaba allí esta nueva versión de Cucho Santisteban. Por lo pronto presentarle a Sevilla a los otros ganadores del sorteo que habían venido en el mismo vuelo. Uno había subido cuando el avión hizo escala en Quito y se llamaba Murcia (23 años), y el venezolano, un tal Segovia (25 años), había subido en la escala en Caracas. Los otros dos ganadores ya estaban en el hotel, esperándolos. Al hotel, pues, en el microbús que la Compañía había puesto a su disposición. En el trayecto el *Public Relations* español les fue explicando quiénes eran los otros dos ganadores. Un norteamericano de sesenta y tres años, míster Alford, de San Francisco, y un muchacho japonés, un tal Achikawa, que todo parecía encontrarlo comiquísimo. Claro que en el caso de ellos, habían ganado un sorteo establecido sobre otras bases ya que a nadie se le iba a ocurrir encontrar de apellido el nombre de una ciudad española, en Tokio sobre todo. Pero también habían llegado a Madrid en un vuelo inaugural de la flamante compañía.

No bien entraron al hotel, Achikawa estalló en una extraña, nerviosa carcajada, pero Sevilla no logró verlo de inmediato porque un flash lo cegó súbitamente. Pensó que eran los periodistas otra vez, era Achikawa y fue Achikawa tres veces más mientras Sevilla seguía al Cucho Santisteban español rumbo a la recepción, lugar al cual llegó completamente ciego y sin lograr ver al culpable de su estado. Sólo oía sus carcajadas. Eran carcajadas breves, muy breves, y fijándose bien, tenían algo de llanto. Por fin Sevilla pudo llenar los papeles de reglamento y enterarse, por la tarjeta que le dieron, que estaba en el Hotel Residencia Capitol, en la avenida José Antonio número 41, y que le tocaba la habitación 710. Lo último que vio escrito, en la parte inferior de la tarjeta, fue una inscripción que decía «CIERRE LA PUERTA AL SALIR PULSANDO EL BOTÓN DEL POMO». Se le hizo un mundo lo del «botón del pomo», qué diablos era el «pomo», pero justo en ese instante vio que un botones iba a coger su maleta y sintió terror por lo de las sábanas. Hasta el ascensor llegó a tientas porque el japonés lo volvió a fotografiar, quiso hacer lo mismo con el venezolano y con el ecuatoriano pero ambos lo mandaron cortésmente a la mierda y se metieron también al ascensor donde, entre miradas y breves frases, dejaron establecido que formaban un dúo capaz de llevarse muy bien y que a Sevilla, con su cara de cojudo, no le quedaba más que juntarse con los otros.

Todo esto se confirmó en la cena. La cena en realidad fue rápida porque los cinco ganadores del concurso tenían que estar cansados del viaje y era preciso acostarse temprano. «Mañana, les anunció el Cucho Santisteban español, empezamos con nuestros itinerarios madrileños, que durarán tres días. Empezamos con el itinerario artístico que comprende la visita al Palacio Real y, a continuación, la visita al Museo del Prado. Empezaremos a las once de la mañana y terminaremos hacia las seis de la tarde.» Murcia y Segovia pusieron cara de aburrimiento y Sevilla no supo dónde meterse. En cuanto a míster Alford, lo único que dijo (en inglés, siempre) durante toda la comida fue que quería más cerveza. Achikawa lo fotografió tres veces, la cuarta fotografía se quedó en «mira el pajarito» porque un gesto de míster Alford dejó definitivamente establecido que odiaba a muerte a los japoneses. Achikawa soltó una brevísima carcajada, tembló íntegro y prácticamente se metió la máquina al culo. Al final allí el único sonriente era Relaciones Públicas que no cesaba de darles instrucciones, de traducirlas inmediatamente al inglés para Achikawa, que por suerte hablaba muy bien este idioma, y para míster Alford. Sevilla pudo comprobar que del inglés que le habían enseñado en el

Santa María casi no le quedaba una palabra. Al terminar la comida, a la cual sólo la perenne sonrisa del nuevo Santisteban daba alguna unidad, quedó muy claramente establecido que el grupo de cinco se había dividido ya por lo menos en dos subgrupos: el de Murcia y Segovia, a quienes los otros tres les importaban tan poco como el itinerario artístico, y el de míster Alford quien, llevado por su pearlharboriano odio a Achikawa y su desinterés e ignorancia por todo lo que ocurría al sur del Río Grande se mantuvo fiel a su fiel compañera, la cerveza.

El tercer subgrupo se veía venir. A pesar de la incomunicación casi total al nivel del lenguaje, Sevilla parecía ser el único capaz de soportar el asedio fotográfico del nipón y ya una vez durante la cena le había mostrado el tablerito saliente en la mandíbula saliente, que era su sonrisa. Claro que Achikawa nunca llegaría a saber las terribles repercusiones que, entre otras cosas, su bien intencionado aunque implacable flash acabaría por tener en el estómago de Sevilla. El domingo, por ejemplo, cuando la visita a la iglesia de Santo Tomé en Toledo concluyó en el instante en que empezaba la misa con Sevilla sin misa aún, la aplicación casi sostenida del flash delante de la fachada fue realmente inoportuna. Sevilla volvió a ensuciarse, pero Achikawa ignoró por completo que algo semejante había ocurrido y en parte por su culpa, además.

También esa primera noche ignoró que Sevilla, luego de ir dos veces al baño, se había acostado pensando en él. Cambio sus sábanas, escondió en el armario las del hotel, rezó, recordó a su tía Angélica y se metió a la cama pensando en Achikawa. Murcia y Segovia habían hablado de putas, el señor Alford bebía en exceso, el encargado español del grupo mucha sonrisa pero a él lo había pisado y no le había pedido disculpas, lo amedrentaba lo amedrentaba... Achikawa era el que más daño podía causarle con esos súbitos e inmotivados ataques de risa, entre flashs y carcajadas prácticamente lo embestía, pero algo de bondad había en esas embestidas, algo para lo cual no encontraba la palabra o es que aún no sabía lo que era... Achikawa es peligroso. Es japonés... Y entonces Sevilla recordó las películas de guerra que había visto: siempre los japoneses eran malos y traidores y en plena selva tupida te clavaban un cuchillo por la espalda al pobre actor secundario que se había quedado rezagado unos metros, al íntimo amigo de Errol Flyn, con las justas no mata a Errol Flyn, John Wayne, Montgomery Clift, Burt Lancaster, Dana Andrews... al pobre Alan Ladd que había dejado a Veronica Lake en Michigan.

Esa noche se durmió por primera vez en su vida a las tres de la mañana, ignorando que era un buen fruto de todo un cine norteamericano e ignorando también que algo en las breves y dramáticas carcajadas de Achikawa le habían abierto el camino de una solitaria, inútil y, en su caso, totalmente innecesaria rebelión. Todo quedaba aún en una especie de simpática tiniebla que tampoco el sueño que tuvo esa madrugada logró aclarar. En una playa desconocida estaban Achikawa, él y Salvador Escalante. Una muchacha para Salvador Escalante apareció en la playa (una playa que Sevilla murió sin saber cuál era), y casi lo echa a perder todo porque Sevilla fue el primero en divisarla, a lo lejos, y quiso señalársela a Salvador Escalante pero Achikawa se le interpuso. No pudo verla y la muchacha se esfumó, dejándolos a los tres echados tranquilamente en la arena. Achikawa se metió al mar y Sevilla siguió conversando con su amigo horas y horas. «Mira, le dijo Salvador Escalante, señalando a Achikawa que por fin regresaba hacia donde estaban ellos. ¿Te has fijado en el cuerpo del japonés?» Se lo estuvo describiendo mientras el otro se acercaba lentamente. Después continuaron conversa y conversa y había mucha paz en esa playa bordeada de árboles frondosos que anunciaban una selva tupida.

Estaba despierto cuando llamaron a despertarlo y rápidamente procedió al cambio de sábanas. Luego se vistió y tomó el desayuno que le trajeron a la habitación. Estaba terminando cuando apareció Achikawa con su cámara fotográfica. Se mató de risa de verlo sentadito desayunando, quizá por lo de la servilleta incrustada como babero en el cuello de la camisa. Lo cierto es que también Sevilla le respondió con alegría, se le asomó el tablerito dental en la mandíbula saliente al ver a Achikawa saliendo del mar... «Vaya con el japonés para chato y chueco. Tiene las rodillas a la altura de los tobillos y los muslos a la altura de las rodillas, el torso es desproporcionadamente grande y ni hablar de la cabezota cuadrada que lo corona todo. De la cintura para arriba parece enorme y sin embargo el resultado es chiquitito...»

En el hall del hotel esperaba el Cucho Santisteban. Sevilla y Achikawa fueron los primeros en bajar. Murcia y Segovia se hicieron esperar sus buenos minutos, pero el más tardón de todos fue míster Alford quien, en vez de aparecer en el ascensor, entró por la puerta principal diciendo que tenía el reloj un poco atrasado y que había estado en la cafetería de la esquina. Olía a cerveza, cosa que Sevilla encontró deplorable en un invitado, y que aumentó en algo el mal humor del Jefe del Grupo, mal humor debido al cambio de funciones, a verse transformado de especialista en relaciones públicas en una especie de guía turística.

Algo en el clima de esa mañana de finales de octubre sorprendió a Sevilla mientras se dirigían al microbús. Era algo agradable, casi cómodo y estaba esperando que influyera beneficiosamente sobre su malestar estomacal, cuando un porrazo de la nostalgia lo trasladó a las soleadas veredas de Huancayo y a los fríos espacios serranos donde no cae el sol. Igualito...

La visita al Palacio Real transcurrió apaciblemente y les tomó el resto de la mañana. Un guía les habló de la magnificencia de sus pinturas y de sus tapices y de sus cerámicas y etcétera, etcétera, traduciendo al inglés y todo, pero se estrelló contra la silenciosa y absoluta indiferencia de Segovia y de Murcia, y contra la tardía e inesperada obstinación de míster Alford, quien declaró con una solemnidad interrumpida por un cervecero eructo, que no estaba dispuesto a abandonar el palacio hasta que no le mostraran las habitaciones privadas de los reyes. Se puso insoportable el gringo, gritó que había trampa en la visita, a Achikawa le dijo *son of a bitch* porque soltó tres carcajadas al hilo, y sólo los argumentos muy sabios del Jefe del Grupo (argumentos en los que de cada tres palabras dos eran «cerveza»), lograron convencerlo de que las visitas a esas habitaciones estaban realmente prohibidas y que ya era hora de marcharse. Sevilla se había mantenido pegadito al guía para no perder un solo detalle de la cultura de ese señor, hasta que el sol que penetraba por un gran ventanal le produjo por segunda vez un efecto de lo más extraño. Calentaba igualito al de Huancayo y, por más que hizo por concentrarse en las palabras que iba diciendo el guía, desde ese momento las cerámicas y las alfombras, sobre todo, por ratitos pertenecían al Palacio Real y por ratitos él las estaba viendo expuestas sobre la vereda de la Feria Dominical de Huancayo. Lo peor fue cuando vio una vasija de barro un instante en un espejo, pero era el enorme florero de porcelana sobre esa consola, en la pared de enfrente. Por suerte el estómago no lo había fastidiado.

El almuerzo sí que le cayó pésimo y, cuando les obsequiaron los planos de las tres plantas del Museo del Prado, lo primero que hizo fue ubicar en cada una de ellas la redondelita que significaba SERVICIOS, LAVABOS Y W. C. *Public Relations* les dijo que era imposible verlo todo en una tarde, que cada uno podía visitar las salas que deseaba, pero que él les recomendaba ver sobre todo los cuadros de los pintores españoles más famosos. Les mencionó al Greco, a Velázquez, a Murillo y a Goya, pero míster Alford ya había terminado con la sala número I y se perdió en busca de la cafetería. Murcia le dijo a Segovia que Rubens pintaba mujeres desnudas y se fueron a escondidas en busca de Rubens. Sevilla se fue en busca del Greco, Velázquez, Murillo y Goya, seguido por Achikawa muerto de risa con las fotos que acababa de entregarle. Eran las del almuerzo (la cámara de Achikawa era una de esas que te entrega la foto un ratito después), y a Sevilla le cayeron pésimo, ni más ni menos que si volviera a empezar con toda esa comilona típica, con todo ese aceite y tardísimo además.

Aún había sol y se filtraba por algunas ventanas, al extremo de que Sevilla se repitió tres veces en voz baja que en Huancayo no había visitado ningún museo. Pero otra realidad menos confusa y mucho más urgente lo instaló angustiado en plena pinacoteca y nada menos que en la sala XI (El Greco), es decir lejísimos de la sala XXXIX, al lado de la cual se hallaba la redondelita que significaba SERVICIOS, LAVABOS Y W. C. Allí estuvo debatiéndose entre su devota admiración por el *Cristo abrazado a la Cruz* («Obsérvese la expresión del rostro de Jesús y lo ingrávido de la cruz que apenas sostienen unas delicadas manos», le dijo casi al oído un guardián que se le acercó de puro amable), y su necesidad de acercarse a la sala XXX donde había más Grecos a la vez que se estaba algo más cerca de la ansiada redondelita. Se equivocó Sevilla. Miró a su plano y la sala XXX estaba al lado de la XI y de pronto Achikawa soltó una carcajada porque descubrió que, retrocediendo un poco, se llegaba a la sala X donde había más Grecos todavía. Sevilla se sintió perdido, miraba un cuadro y miraba a su compañero y miraba al plano y calculaba cuánto tiempo más podría aguantar. Muy poco a juzgar por lo que sentía, dolores, retortijones, acuosos derrumbes interiores. Con lágrimas en los ojos se detuvo ante *La Sagrada Familia, El Salva-*

dor, La Santa Faz (sala XI), y ante *La Crucifixión, El Bautismo de Cristo y San Francisco de Asís* (sala XXX). Fue entonces que Achikawa lo notó tan conmovido, tan profundamente emocionado de encontrarse frente a tanto lienzo católico, que soltó una carcajada feliz al descubrir que un poquito más atrás había otra sala con más cuadros del mismo pintor. Prácticamente lo arrastró hasta la sala X, donde Sevilla lloró y emitió toda clase de extraños sonidos ante *San Antonio de Padua y San Benito* y ante *El capitán Julián Romero con San Luis Rey de Francia.*

La carcajada que soltó Achikawa al ver que la desaforada carrera de Sevilla por todo el museo había concluido en el baño, le impidió escuchar hasta qué punto andaba mal del estómago su amigo peruano. Sevilla reapareció minutos después con el rostro demacrado pero con las mejillas secas. Empleó un tono de voz convalesciente al silabearle Ve-láz-quez, a su compañero, y con un dedo tembleque le señaló las salas XII, XIII, XIV, XIV-A y XV. Nuevamente había que alejarse bastante de la redondelita.

Pero a Velázquez pudo verlo tranquilamente, sala por sala, cuadro por cuadro. Sólo el asunto de *Las Meninas* resultó un poco desagradable e incómodo. Él quería apreciar el cuadro y había adoptado una postura casi reverente, las manos recogidas sobre el vientre como un sacerdote que se acerca al púlpito con sus evangelios. También quería comprender la exacta utilidad del espejo colocado al otro extremo de la sala pero Achikawa parece que ya empezaba a cansarse de tanto arte occidental y lo arrastró hasta el espejo para que viera la cantidad de morisquetas que era capaz de hacer por segundo. «Ahora te toca a ti», le dijo con señas y japonés, con algo que tenía su poco de sordomudesca comunicación. Sevilla accedió, accedió por temor a que el asunto tomara mayores proporciones y sonrió. Ver en el espejo el tablerito dental en la mandíbula saliente le encantó al de Tokio. Soltó una extraña mezcla de carcajada y llanto que atrajo a un guardián de por ahí y que dejó a Sevilla un poco pensativo. El guardián les puso mala cara y Sevilla, abandonando su preocupación acerca de la utilidad del espejo, le señaló a Achikawa en el plano de la planta baja, la sala LXI, «Mu-ri-llo», le silabeó, contando para sus adentros uno, dos, tres, cuatro... Estaba a cinco salas de la redondelita. La historia volvió a repetirse. A dos salas de distancia tuvo que salir disparado rumbo al baño, pero esta vez Achikawa no lo siguió. Achikawa se quedó haciendo unos movimientos tan raros con la cabeza, algo así como unos «no» rotundos, rapidísimos e inclinados a la izquierda, que el guardián estuvo a punto de apretar un botón de alarma.

Con lo de Goya las cosas empeoraron notablemente. Sevilla, recién salido del baño, estudió y comprobó, no sin cierta satisfacción, que los cuadros del pintor «sordo y atormentado», como decía en su guía, se hallaban en la planta baja. Lo de la satisfacción provenía de que, habiendo visto los cuadros de Goya, habrían cumplido con lo que el Jefe de Grupo les indicó, sin necesidad de subir para nada a la planta alta donde, según el plano, no había redondelita por ninguna parte. Con el estómago momentáneamente tranquilo, lo más sensato era empezar por la sala más alejada del baño e ir acercándose poco a poco a la redondelita. A Achikawa lo encontró en una sala en que había tres guardianes, contemplando tranquilamente un cuadro llamado *La Sagrada Familia del Pajarito*. Con un dedo tembleque le señaló la sala LVI-A. «Pinturas negras», decía entre paréntesis, y Sevilla buscó en su guía y pudo leer mientras llegaban eso de «El sueño de la razón produce monstruos». La frase lo asustó, lo desconcertó, le corrió subterráneamente por el cuerpo, y cuando llegaron a la sala sintió que había cometido un lamentable error. Achikawa se puso nerviosísimo, sus carcajadas ante cada cuadro se repetían y cada vez más un elemento de llanto se mezclaba en ellas, la gente protestaba, la falta de respeto del japonés, la insolencia, joven, dígale usted a su amigo que a ver si se calla. Un guardián intervino pero sólo sirvió para que Achikawa se riera más todavía, no lograba contenerse. Sevilla hundía la quijada en el pecho, se moría de vergüenza, «ssshiii ssshiii», le hizo a su compañero, pero éste nada de callarse y lo del estómago. No era posible irse dejando a Achikawa en tal estado de disfuerzo, además lo de Achikawa no parecía ser sólo disfuerzo... Qué hacía... Sevilla no pudo contenerse: estaba buscando el camino más corto hasta la redondelita cuando sintió que empezaba a escapársele caca incontrolablemente.

Por suerte lo de Achikawa se limitó a esa sala y nadie más se enteró de lo ocurrido. Eran ya casi las seis y el señor de la Compañía les había dado cita a las seis. Cuando llegaron a la puerta Murcia y Segovia tenían cara de haber estado esperando hace mil horas. El Cucho Santisteban apareció y les recalcó una y mil veces lo importante de la visita que acababan de realizar. En cuanto a míster Alford, nunca se sabrá en qué cafetería anduvo metido, lo cierto es que llegó diciendo que tenía el reloj atrasado y con un fuerte tufo a cerveza.

—Bien —dijo el Jefe de Grupo—, ahora al hotel a descansar un poco, y a las diez en punto cita en el hall principal para ir a cenar. Para esta noche se les ha preparado cocina típica filipina.

—Yo no podré —se descubrió diciendo Sevilla. Se armó de mayor coraje y agregó tímidamente—: Tengo diarrea...

—De eso no se muere nadie, mi querido amigo. Usted lo que necesita es una buena cena filipina, luego una buena taza de té, y mañana como nuevo.

En el microbús, rumbo al hotel, el silencio fue absoluto. El Jefe de Grupo abrió la ventana por lo del tufo de míster Alford y míster Alford abrió la ventana porque este vehículo huele a mierda.

Nada pudo la taza de té contra la comida filipina y, al día siguiente, Sevilla estaba peor aún. De todo lo de anoche, y de todo lo que en los días sucesivos le iría ocurriendo, Achikawa iba entregándole un fiel testimonio: las mil y una fotografías instantáneamente reveladas. Anoche le había aplicado el flash hasta el cansancio, hasta se le había metido a la habitación para fotografiarlo sentado sobre la cama, retardando así el oculto cambio de sábanas y el oculto lavado del calzoncillo que no se había atrevido a dejar para que lo lavasen en el hotel. Y hoy día tocaba la visita panorámica de la ciudad. Partieron en el microbús a eso de las once (míster Alford llegó de la calle diciendo que tenía el reloj atrasado y apestando a cerveza). Achikawa fotografió a Sevilla en la plaza de la Moncloa, en el Arco del Triunfo, en la Ciudad Universitaria, en el Parque del Oeste en el Paseo de Rosales, en la Plaza de Oriente (delante del edificio del Palacio y del Teatro Real), tres veces durante el almuerzo (en una de ellas aparecía Sevilla de espaldas, corriendo hacia el baño). Por la tarde lo fotografió en la Puerta de Toledo en la Plaza de Atocha, en el Paseo del Prado, en el Parque del Retiro (frente al Lago, y al pie del monumento a Alfonso XII), en la calle de O'Donnell, en la Plaza de Toros, en la Avenida del Generalísimo y, por último en la Plaza de Colón, al pie del monumento al descubridor de América. El paseo terminó a las mil y quinientas y con el Jefe de Grupo furioso porque ni la mitad de las paradas estaban previstas. Unas veces fue porque Sevilla necesitaba ir al baño y otras (las más) porque míster Alford «tenía sed». En fin, mañana día libre para todos, aventura personal, podían efectuar sus compras y pasearse tranquilamente por la ciudad. Mañana sábado la cita era recién a las nueve de la noche por lo del Madrid de noche, Madrid *by night*.

Como en los días anteriores, Sevilla ya estaba despierto cuando llamaron a despertarlo, ya había efectuado el rápido cambio de sábanas. Acababa de esconderlas cuando le trajeron el desayuno y se lo dejaron en la mesa aquella al pie de la ventana. La altura de su habitación le impedía ver las calles y casas, abajo, sin asomarse, pero en cambio la ausencia de grandes edificios por ese lado del hotel permitía que un agradable sol otoñal iluminara un buen sector de la amplia habitación. De todo lo que había en el azafate Sevilla tomó tan sólo la taza de té y, mientras lo hacía, decidió que a la una tomaría otra taza de té en la cafetería de la esquina, luego escribirle una carta a la tía, y en seguida darse un paseo solo hasta el Museo del Prado para comprar unas postales del Greco que ayer le fue imposible comprar por la forma en que sucedieron las cosas. Hacia las cuatro o cinco estaría de regreso en el hotel para descansar un buen rato antes de lo de la noche. Terminada la taza de té, se incorporó y fue al baño para afeitarse. Definitivamente se sentía mucho mejor al pie de la ventana que en el baño, tal vez porque hasta allí no llegaba el sol, no lo sabía muy bien, pero algo como un imán lo atrajo de nuevo hacia la mesa del desayuno. Volvió a sentarse como si fuera a desayunar y la verdad es que allí se sentía muchísimo mejor. Le costó trabajo abandonar las cercanías de la ventana cuando vino la persona encargada de arreglar la habitación.

El día transcurrió más o menos como lo había planeado, con excepción de la diarrea que, a pesar de té y nada más, continuó atormentándolo, y del incidente de la Plaza Callao, donde un automóvil dio una curva sobre un charco de agua y le empapó zapatos, medias y pantalón, las tres cosas pertenecientes a la indumentaria prevista para la noche. Es decir, los mejores zapatos, las mejores medias y el pantalón del mejor terno. No hubo pues reposo previo al Madrid *by night* sino un estar frota que frota en la habitación para que sus cosas estuvieran listas a las nueve de la noche.

Pudo haberse tomado mucho más tiempo porque míster Alford llegó tambaleándose ligeramente a eso de las diez, diciendo como siempre que tenía el reloj un poco atrasado. Murcia y Segovia furiosos porque para ellos éste prometía ser el mejor de todos los programas, había cabaret en perspectiva. Nuevamente convertido en guía muy a pesar suyo, el Jefe de Grupo los llevó hasta el corazón del Madrid del siglo XVI. El itinerario continuó con la visita de un local de cante y baile flamenco y con una comilona que a Sevilla le anuló cualquier buen efecto logrado en todo un día a punta de té y nada más. Por fin aterrizaron en un cabaret. Hubo niñas en plumas a granel, para Murcia y Segovia, cerveza en cantidades para míster Alford y las carcajadas verdaderamente exasperantes de Achikawa. Sevilla soportó todo el espectáculo pensando que mañana Dios no lo olvidaría y que en alguna de las iglesias que iban a visitar en Toledo habría misa y confesión. Por ahí andaba su mente cuando de pronto se dio cuenta de que alguien lo había cogido del brazo, era míster Alford, y que de todas las mesas lo aplaudían entre risas y exclamaciones. Recién entonces captó que minutos atrás un hombre con un monito en guardapolvo y con una especie de media bicicleta habían aparecido en el escenario. Eran de lo más divertidos y hasta Murcia y Segovia parecían haber olvidado momentáneamente a las calatayús. El hombre se montó sobre la rueda con sus pedales y su asientito encima y estuvo dando vueltas y vueltas y haciendo de pronto como que se caía, se cae, no se caía. Luego el monito se trepó hasta llegar al asiento y fue la misma cosa, vueltas y vueltas y nada de caerse. Después todo sucedió muy rápido, el hombre pidiendo un voluntario de entre el público, Sevilla pensando en los horarios de las misas en Toledo, y míster Alford levantándole el brazo. Del resto se encargaron Murcia y Segovia, vamos vamos, hombre, también el Cucho Santisteban hispánico, a divertirse, amigo, claro que lo de gilipollas no lo podía decir. La carcajada de Achikawa brilló por su ausencia.

Pero no la del público. Sevilla subió al escenario con el misal invisible entre las manos recogidas sobre el vientre. En el último escalón se tropezó y ahí hubo inmediatamente una carcajada. Otra cuando trató de hablar ante el micro y no le salieron las palabras. «Cuéntemelo a mí, le dijo el animador, después yo se lo cuento al respetable.» Se agachó para pegarle el oído a la boca: «Cuéntemelo a mí». Sevilla logró hablar y salió todo lo del sorteo y lo de la flamante Compañía de Aviación, aplausos y aplausos del público, y ahora había llegado el momento de hacer lo que hasta un mono puede hacer. Murcia, Segovia y el Cucho Santisteban intercambiaron coincidentes y sinceras opiniones sobre Sevilla, míster Alford como si nada, sonriente pero mirando a su cerveza, y Achikawa de pronto igualito que ayer frente a las pinturas negras de Goya. Por fin a la tercera caída de Sevilla, público y animador se dieron por vencidos, sobre todo este último que pensó que el mono se le había cagado en plena función, pero no, era el peruano.

No quedó testimonio fotográfico de este asunto. Achikawa se abstuvo por completo de tomar fotografías, y no bien llegaron al hotel subió y se encerró en su cuarto. Murcia y Segovia, siguiendo algunas indicaciones secretas del Jefe del Grupo, se fueron en busca de lo que habían estado buscando desde que llegaron a Madrid, y míster Alford se tambaleó hasta el ascensor y luego por los corredores que llevaban a su habitación. Sevilla fue el último en subir porque tuvo una nueva urgencia. Minutos más tarde una voz lo llamó cuando se dirigía por fin a dormir. Míster Alford se había olvidado de cerrar su puerta, *Sivila,* lo volvió a llamar.

Estaba sentado en uno de los sillones junto a la mesa del desayuno, y a su lado tenía una caja llena de botellas de cerveza. Sevilla pensó que eran más de las dos de la mañana y que la cita para lo de Toledo era a las diez en punto. Recordó la palabra en inglés que necesitaba, *sleep,* pero el gringo nada de dormir y lo obligó a tomar asiento frente a él. Una hora más tarde la misma canción seguía sonando en la grabadora de míster Alford y ya no quedaba la menor duda de que era la única que había en la cinta...

I lost my heart in San Francisco

...En San Francisco había perdido también a su esposa, a sus padres (hacía veintisiete años), y a sus hijos que eran unos hijos de puta que lo habían mandado a la mierda diciendo que Lindon B. Johnson era un farsante y que se largaban a hacer el amor y no la guerra y que no había nada más falso y caduco en el mundo entero que su escala de valores... Había perdido a su esposa y hacía veintisiete años a sus padres y lo que ambos necesitaban ahora era otra cerveza y a Sevilla se lo iba acercando cada vez más (había cogido el sillón de Sevilla por el brazo y se lo iba acercando, haciéndolo girar poco a poco alrededor de la mesa). A las cinco de la mañana lloraba que daba pena y a las siete continuaba profundamente dormido sobre el hombro de Sevilla que, aparte de Lindon B. Johnson, Vietnam y alguna que otra palabra como *mother* y *wife,* no había entendido ni jota de la historia que míster Alford le replicó mil veces mientras sonaba lo de...

I lost my heart in San Francisco

Lo estaban llamando para despertarlo cuando entró a su habitación y luego, minutos más tarde, el encargado del desayuno tocó y entró en el momento en que Sevilla se dirigía al armario a esconder una de sus sábanas. La dobló, la arrugó como pudo, se introdujo un trozo en el cuello de la camisa y se sentó a desayunar con la enorme servilleta colgándole hasta los pies. Era un hotel de primera o sea que el mozo se limitó a mirar hacia la cama, y a dejarle el azafate con la taza, la tetera, las tostadas, la mermelada y la mantequilla. La servilleta la colocó al borde de la mesa y se marchó.

Ese día Sevilla no se afeitó. No tuvo ni tiempo ni fuerzas. Estuvo en el baño frente al espejo pero no había dormido en toda la noche y en su agotamiento sentía que el lugar ese, al pie de la ventana, lo atraía realmente con la fuerza de un imán. Volvió a su sillón, dejó que el sol que también hoy se filtraba por entre los visillos lo relajara, y esperó que fueran las diez de la mañana para bajar al hall. Esperó pensando que en Toledo también el sol tendría un benéfico efecto sobre su persona.

No fue así. Es decir, no fue así y fue así porque allá en Toledo el sol calentaba casi como en Huancayo y en los lugares sombreados el frío era penetrante y serrano. Sevilla, agotado por la noche en blanco, aterrorizado por lo de la sábana y con la sensación de que en cualquier momento iba a necesitar un baño, se dejaba empujar hacia una realidad que le era menos dañina y, aparte de lo de la misa que continuaba siendo una preocupación toledana, se entregó por completo a los efectos de este sol y sombra, dejándose arrastrar por los lisos corredores de su memoria hasta llegar a un pasado mejor. Sin embargo el bienestar no era tan grande como aquel que experimentaba sentado al pie de su ventana, en ninguna parte se estaba como en aquel sillón al pie de su ventana... No, no: lo de Toledo no era lo mismo, era tan sólo una confusión por momentos agradable de lugares y épocas entre las cuales él navegaba casi a la deriva. En una tienda en que vendían objetos de acero, por ejemplo, compró tres cosas: el puñalito-cortaplumas que le había encargado su ex-profesor del Santa María, un crucifijo para su tía Angélica y un segundo puñalito para Salvador Escalante. Y hubo otro momento en que pensó en lo sola que se había quedado su pobre tía, pero la visión de sus tías Matilde y Angélica, rezando el rosario juntas, lo consoló inmediatamente.

Pero también había sucedido ya lo de la misa. En la catedral, por más joya gótica que fuera, nadie estaba celebrando misa. A Santa María la Blanca llegaron en plena comunión, demasiado tarde pues. La única esperanza era la iglesia de Santo Tomé, pero la visita se limitó a estar un rato contemplando el cuadro del *Entierro del Conde de Orgaz* y terminó en el instante en que Sevilla vio que un sacerdote seguido por dos acólitos se aprestaba a dar comienzo al santo sacrificio. Se arrodilló, pero el Cucho Santisteban hispánico lo tomó del brazo y le dijo que aún faltaba visitar esta mañana la Casa y Museo del Greco y que tenían mesa reservada para una hora fija en un restaurante. Sevilla insistió agarrándose bien del reclinatorio, pero entre la simpatía del Jefe de Grupo y la fatiga de Murcia y Segovia, que anoche habían encontrado lo que siempre habían buscado, lo sacaron prácticamente arrodillado en el aire hasta el atrio. «Una vez al año no hace daño», fue la explicación que le dieron allí afuera, cuando intentó una protesta, mientras Achikawa y su cámara fotográfica iban dejando gráfico testimonio de lo que allí ocurría, de una cara impregnada a fondo de retortijones, primero, de una cara que se aliviaba preocupada, instantes después. En el hotel iban a pensar que nunca se cambiaba de calzoncillo pero éste tampoco se atrevería a darlo a lavar, nuevamente sería él quien se encargaría de hacerlo a escondidas.

La comida del mesón no hizo más que empeorar las cosas. El Cucho Santisteban español se animó porque uno de los platos era su plato favorito y estuvo habla que habla con Murcia y Segovia, traduciéndoles de vez en cuando a Achikawa y a míster Alford con su cerveza, lo de mañana sí que sería cosa seria, ya iban a ver lo que era el lechón asado del Mesón de Cándido en Segovia, ya iban a ver lo que era el cocido de los lunes en Casa Anselmo, allí cenarían de regreso a Madrid. Los efectos del futuro revelado fueron fatales para el presente cada vez más insoportable de Sevilla. Darle té y unas pastillas fue la única respuesta a sus quejas. Nadie le hacía caso, nadie le daba importancia, estaba tan feo, tan demacrado, se le habían caído tantos pelos sobre tantos manteles que en el grupo ya nadie lo consideraba parte del grupo. Los seguía horrible, en eso se había convertido su viaje a España.

Los seguía sin que nadie supiera que, hacia las cuatro de la tarde, su único deseo en este mundo era regresar al hotel y sentarse en el sillón al pie de la ventana. Pero tuvo todavía que soportar la visita de «un impresionante monumento judío», según les dijo el Jefe de Grupo. Había faltado a misa por primera vez en su vida, y los remordimientos que sintió mientras visitaba la Sinagoga del Tránsito crecieron sofocándolo como si de golpe su culpa lo hubiese acercado a las fronteras del infierno.

Madrid era la ciudad del hotel y de la ventana y tenían horas libres para descansar, tenía tres horas libres para cambiarse de calzoncillo, lavarlo a escondidas, y sentarse al pie de su ventana. Sevilla avanzaba por el corredor que llevaba a su habitación y no lograba explicarse lo que ocurría. Toda una cola de muchachos delante de su puerta abierta. Algún malentendido, sin duda, pero él así no podía entrar, no había cómo además porque los que esperaban su turno podían y definitivamente iban a protestar. Eran norteamericanos y acababan de regresar de una excursión a Aranjuez y se les habían helado los pies allá en los famosos jardines. Lo cierto es que decidieron meterse a orinar al primer baño que encontraron y la puerta de esa habitación estaba abierta, y además la habitación parecía desocupada porque la mujer de la limpieza se estaba llevando las sábanas. En realidad las estaba cambiando con algún retraso porque su compañera se había enfermado. De puro buena gente dijo sí, cuando los de la excursión le preguntaron algo en inglés, algo que ella por supuesto no entendió. Querían saber si podían usar ese baño los norteamericanos, y allí estaban pues en fila de a uno y Sevilla no tuvo más remedio que ponerse al final, después de todo también tenía necesidad de ir al baño. Pero las cosas no salieron como él esperaba. El creyó que con ponerse al fin de la cola sería el último en entrar a su habitación, cierro la puerta y ya está. Se equivocó lamentablemente porque llegaron más excursionistas y se le colocaron detrás, de tal manera que no le quedó más remedio que entrar, orinar y no cagar, porque si te demorabas había bromas y protestas, y volver a salir. Permaneció en el corredor hasta que vino la encargada de la limpieza con las nuevas sábanas y lo encontró paradito ahí, cabizbajo hasta más no poder. ¿Qué ha ocurr*ío*?... ¿Por qué deja ust*é* que esto suce*a*, señor?... cada uno de est*o* jóven*e* tiene su habitaci*ó*... No tien*e* el men*ó* derecho de entr*á* a la de ust*é*... Mientras la mujer, con la mejor voluntad del mundo, armaba un lío a la andaluza, el último de la cola terminó de orinar y

Sevilla pudo entrar a su habitación sin preguntarse siquiera cómo se había producido el malentendido.

Y es que ya era demasiado tarde para todo y una sobrehumana fatiga se había apoderado de él. Trabajo, gran trabajo le costó levantarse de su sillón cuando llegó la hora de la cita para cenar. Y cuando regresó, no recordaba haber cenado en ninguna parte ni haber ido al baño dos veces ni haber soportado el flash de Achikawa incesantemente. Tampoco leyó el papelito que, con tanto cuidado, Achikawa había hecho traducir al castellano para entregárselo como explicación, como disculpa casi por su extraña y fatigante conducta. El propietario del restaurante había tenido la amabilidad de traducirle unas cuantas frases, y al llegar al hotel, él le había entregado el papelito a Sevilla pero éste se limitó a ponerlo como una estampa entre las páginas de su misal y esa noche ni siquiera cambió sus sábanas. Se olvidó de hacerlo o es que ya... La atracción de la ventana fue definitiva esta vez. Sevilla se instaló junto a la mesa del desayuno y ahí pasó toda la noche como si estuviera esperando algo. A medida que un cierto alivio lo invadía, fue convenciéndose de que en su sillón se descansaba mejor que en la cama. Podía por lo tanto dejar allí encima el inmenso crucifijo y los desmesurados puñales toledanos. Recordaba vagamente haberlos dejado bastante más pequeños cuando salió a cenar, en cambio ahora los mangos de los puñales reposaban sobre su almohada y las puntas sobresalían por los pies de la cama. La idea de que sería imposible transportarlos a Lima lo estuvo preocupando durante un rato, pero con el alivio y las horas esta idea fue disminuyendo hasta convertirse tan sólo en un problema de exceso de equipaje. Hacia el amanecer era un asunto que no lo concernía en absoluto.

Lo demás fue cosa de segundos y sucedió a eso de las nueve de la mañana. Su visión, al asomarse finalmente a la ventana, fue la misma que, meses más tarde, durante el verano, tuvieron otros dos peruanos, el escritor Bryce Echenique y su esposa, a quienes, por pura coincidencia, les tocó la misma habitación.

—Mira, Alfredo —dijo Maggie, abriendo la ventana—; esta vista me hace recordar en algo a la sierra del Perú...

—Parece Huancayo... Me hace recordar a algunos barrios de Huancayo...

Achikawa irrumpió en la habitación y empezó a tomar miles de fotos de su amigo parado de espaldas, delante de la ventana abierta. Estaba a punto de soltar su primera carcajada del día, pero en ese instante Sevilla se encogió todito y cerró los ojos, logrando pasar horroroso frente a las tres señoritas de cine. Fue una especie de breve vuelo, un instante de timorato coraje que, sólo cuando abrió los ojos y descubrió a Salvador Escalante esperándolo sonriente, se convirtió en el instante más feliz de su vida.

El alarido de Achikawa se escuchó hasta los bajos del hotel. Minutos más tarde la habitación estaba repleta de gente que hacía toda clase de conjeturas, cómo podía haberse caído, qué había estado tratando de hacer. Las cosas se fueron aclarando poco a poco.

—El señor era muy raro —dijo el encargado del desayuno; ayer lo encontré cambiando de sábanas...

—No usaba las del hotel —intervino la encargada de la limpieza—; usaba unas que había traído y que de día escondía en aquel armario...

Momentos más tarde había ya gente de la policía; también el Cucho Santisteban había llegado, listo a acompañarlos a Segovia. Achikawa, haciendo unos gestos rarísimos con la cabeza, les entregó la última fotografía de Sevilla.

—No cabe la menor duda: se ha suicidado —dijo el administrador del hotel.

A esa prueba se añadió una última. Fue uno de los investigadores el que la encontró mientras revisaba algunos efectos personales de Sevilla. De su misal cayó el papelito que le había entregado anoche Achikawa.

—Miren esto, señores —dijo. Y leyó:

> «Le ruego por favor disculpe mi conducta. Me siento sumamente nervioso. A veces siento que ya no puedo más.»

Achikawa hizo sí sí con la cabeza desesperada y pronunció algunas palabras en japonés.

Claro que es demasiado pronto para hablar de una buena marcha de la Compañía de Aviación, pero lo menos que se puede decir es que los aviones van y vienen de distintas ciudades, Madrid y Lima, por ejemplo, y que lo hacen generalmente llenos o bastante llenos de pasajeros. Lima fue la plaza en la que hubo que superar el mayor número de contratiempos pero ya las cosas desagradables empiezan a caer en el olvido. No fue precisamente otro conde el que remplazó al conde de la Avenida pero, entre la gente de la ciudad, el nuevo ejecutivo español, don José Luis de las Morenas y Sánchez-Heredero, ha caído muy bien. A la gente le encanta su nombre. Cucho Santisteban espera tan sólo salir del asunto Sevilla para volver a sonreír ininterrumpidamente, lo malo es que es casi imposible entenderse con la vieja de mierda esa.

—Se negaba a escucharnos, don José Luis; no nos dejaba hablar...

—Está más en el otro mundo que en éste —confirma el abogado.

—Bueno —dice el gerente—; habrá que encontrar la manera de hacerle llegar una indemnización... Pobre vieja; no es nada gracioso tener que quedarse completamente sola a esa edad.

—Qué se va a hacer —añade Cucho Santisteban...—. Tendrá que resignarse...

París, 1971

Muerte de Sevilla en Madrid está incluido en la edición de los *Cuentos completos* de Alfredo Bryce Echenique publicada en «El Libro de Bolsillo» de Alianza Editorial con el número 864.

Últimos títulos de la colección:

9. Francisco Ayala: *El Hechizado. San Juan de Dios*
10. Julio Cortázar: *El perseguidor*
11. Oscar Wilde: *El fantasma de Canterville*
12. Charles Darwin: *Autobiografía*
13. Pío Baroja: *La dama de Urtubi*
14. Gabriel García Márquez: *El coronel no tiene quien le escriba*
15. Joseph Conrad: *Una avanzada del progreso*
16. Anne de Kervasdoué: *El cuerpo femenino*
17. Federico García Lorca: *Yerma*
18. Juan Rulfo: *Relatos*
19. Edgar A. Poe: *Los crímenes de la calle Morgue*
20. Julio Caro Baroja: *El Señor Inquisidor*
21. Camilo José Cela: *Café de Artistas*
22. Pablo Neruda: *Veinte poemas de amor y una canción desesperada*
23. Stendhal: *Ernestina o el nacimiento del amor*
24. Fernand Braudel: *Bebidas y excitantes*
25. Miguel de Cervantes: *Rinconete y Cortadillo*
26. Carlos Fuentes: *Aura*
27. James Joyce: *Los muertos*
28. Fernando García de Cortázar: *Historia de España*
29. Ramón del Valle-Inclán: *Sonata de primavera*
30. Octavio Paz: *Arenas movedizas. La hija de Rappaccini*
31. Guy de Maupassant: *El Horla*
32. Gerald Durrell: *Animales en general*
33. Mercè Rodoreda: *Mi Cristina. El mar*
34. Adolfo Bioy Casares: *Máscaras venecianas. La sierva ajena*
35. Cornell Woolrich: *La marea roja*
36. Amin Maalouf: *La invasión*
37. Juan García Hortelano: *Riánsares y el fascista. La capital del mundo*
38. Alfredo Bryce Echenique: *Muerte de Sevilla en Madrid*
39. Hans Christian Andersen: *Cuentos*
40. Antonio Escohotado: *Las drogas*